# LETTRE

## D'UN FRANÇAIS

# AU ROI,

Par M. P. A. F***.

PARIS;

CHEZ LES MARCHANDS DE NOUVEAUTÉS.

1815.

# LETTRE -

# D'UN FRANÇAIS

# AU ROI.

---

Les événemens qui se sont succédés depuis quinze mois sont sans exemple dans les annales de l'histoire. La France deux fois envahie par les puissances de l'Europe; un homme, né de la révolution, élevé par la nation à l'empire, banni et rappelé par elle; le successeur des rois de France, après vingt ans d'exil, replacé sur le trône de ses pères, pour en redescendre bientôt par les fautes des princes et l'incapacité des ministres; enfin, au milieu de 600,000 bayonnettes étrangères, ce même successeur des rois revêtu de nouveau de l'autorité royale; toutes ces circonstances ont mis le comble aux maux de la patrie. Pour la seconde fois,

V. M. est ramenée parmi nous, et la France rattache à elle ses plus chères espérances.

Il y a quinze mois, SIRE, vous vous annonçâtes le libérateur de la patrie : vous apportiez la paix, vous promîtes une bonne constitution ; le peuple vous manifesta sa reconnaissance et sa joie : il n'a pas su mettre de réserve dans ses sentimens ni de borne à votre pouvoir ; il devait vous aimer comme le père de la patrie, il vous a adoré comme une idole ; à cet amour imprudent mais sincère, se mêla l'encens d'une lâche et corruptrice adulation. Les hommes qui, vingt années, avaient vécu loin du trône, loin des dangers de la patrie, prirent la place des citoyens qui, pendant ce temps, avaient exposé leurs jours pour elle, et qui seuls devaient vous entourer pour le bonheur de tous.

Ces chevaliers de noblesse gothique vous dirent que vous étiez la providence de cette nation dont vous n'étiez que le premier magistrat; ils substituèrent vos volontés aux lois, vos intérêts à ceux de l'Etat ; tout fut rapporté à votre personne, et ils environnèrent le descendant d'Henri IV de ces vains et ridicules respects réservés aux cours des tyrans de l'Asie.

Vingt années de malheurs n'avaient pu mettre V. M. en garde contre la flatterie, et ces vieux courtisans remplirent les antichambres de vos palais. Il vous fallait des conseillers, vous ne fûtes entouré que d'esclaves. Les malheureux! ils vous firent oublier que l'Etat où tous veulent servir n'est pas moins un monstre en politique que celui où tous veulent commander. Ils vous firent donner cette Charte qui, à peine octroyée, fut impunément violée; des concessions faites à l'opinion publique furent bientôt révoquées; vous deviez être le chef des Français, ils aimèrent mieux vous déclarer celui des Vendéens et des Chouans; la liberté de la presse fut suspendue; un ministre insolemment absurde, se jouant de la raison et des députés, eut l'impudence de dire du haut de la tribune que la censure des Chéron et des Demersan rappelerait dans Paris la censure de Caton dans Rome. L'irrévocabilité des biens nationaux fut ébranlée; l'égalité des droits ne fut plus qu'un vain nom; ce fut une vertu d'avoir trahi la patrie, ce fut un crime de l'avoir servie; le despotisme sacerdotal et ministériel s'éleva, prêt à fouler les droits les plus saints : au-dedans, le pouvoir exécutif, marchant en sens contraire du pouvoir législatif et de l'opinion publique , nous menaçait d'une longue et sanglante anarchie. Au-dehors, la France humiliée était déchue du rang que vingt ans de triomphes lui avaient acquis.

Le roi de France se reconnaissait vassal d'un régent d'Angleterre ; la patrie s'indignait d'un outrage fait à son indépendance et à son honneur, une révolution se préparait, Napoléon parut : vous aviez méconnu les droits de la nation , et la nation vous a abandonné et vous a laissé tomber du trône, où elle vous avait appelé pour le bonheur de tous , et non pour l'avantage de quelques parasites à l'autorité souveraine.

Puisez des leçons pour l'avenir dans les vicissitudes du passé, instruisez-vous par les événemens de votre vie; que les fautes mêmes de Napoléon ne soient pas perdues pour vous.

Vous revenez au milieu de nous et pour la deuxième fois, ramené par l'étranger; plusieurs de nos provinces sont envahies , le sang français a coulé. Au milieu du tumultueux cortége qui suivit V. M. dans la capitale , elle ne put voir les campagnes dévastées, ni l'orphelin qui demandait un père moissonné par le fer ennemi; et cependant en moins de huit jours, 60,000 citoyens ont péri et des milliers d'habitations ont été détruites.

Ne vous y trompez pas, Sire, la majeure et la plus saine partie de la nation dont le salut de la patrie est l'unique vœu, sans avoir contribué à votre retour, vous soutiendra. Vous pouvez être aimé, mais on aime avant tout sa patrie. Au milieu des cris de *vive le roi,* les cris de *vive la nation, vive la liberté* se font toujours entendre. Ce ne sont pas des sujets affamés de voir un roi qui désirent se réunir près de vous; ce sont des hommes qui veulent apprendre à l'étranger qu'unis par le même sentiment, ils ne peuvent cesser d'être une nation; et dans leurs cris, ils saluent celui qui doit faire respecter leurs droits.

Les Français que vous retrouvez sont toujours sensibles et généreux, mais non follement enthousiastes : l'ivresse de la gloire s'est dissipée, débarrasés des illusions de cette vaste domination, dont ils ont reconnu l'injustice et les dangers, ils mourront pour la défense de la patrie, de la liberté, de la puissance qu'ils vous confient et que vous exercerez pour la félicité publique ; ils veulent un chef, ils ne reconnaîtront plus de maître.

Ayez confiance en ces soldats dont vous auriez dû entourer un trône qu'ils ont défendu pendant si long-temps. Que de maux vous eussiez évités à la France, en attachant à votre personne ces vétérans de l'honneur et de la victoire ! Oubliez les anciennes institutions : vos prédécesseurs ont régné sur des esclaves, vous gouvernerez des citoyens. Que cette grande révolution, dans les relations sociales, date de votre règne ! Cette gloire pourrait-elle vous être indifférente ? Pourriez-vous préférer un pouvoir absolu à une puissance douce et ferme, consentie et obéie par tous, qui, ne séparant jamais les citoyens du prince, répande la prospérité sur toutes les parties d'un vaste royaume, et reçoive tous les jours les bénédictions du peuple.

Dans un saint enthousiasme pour tout ce qui est grand et généreux, les Français se sont levés en masse en 89 pour la destruction des tyrannies féodales, et comme prince français, vous avez soutenu leurs droits : alors vous donnâtes un magnifique exemple ; vous aimâtes mieux défendre les droits des citoyens que les priviléges usurpés de la noblesse. Les principes qui nous ont armés ont survécu à tous les orages. Les saturnales de 93 n'ont pu déshonorer le saint nom de liberté. La dynastie qui la respectera sera seule inébranlable. Ces droits sacrés, acquis au prix de tant de sang, sont : la souveraineté du peuple, la représentation nationale par députés élus par le peuple, le vote des impôts par les représentans, l'indépendance de la justice, le jugement des citoyens par leurs pairs, l'égalité de tous devant la loi, la responsabilité des agens du pouvoir exécutif, la liberté de la presse et des cultes, la liberté individuelle, l'abolition des confiscations, l'oubli du passé, l'irrévocabilité des ventes de biens nationaux, etc.

Voilà les droits devant lesquels toutes les forces humaines seront impuissantes. Le prince qui les enfreindrait s'attirerait la haine du peuple et périrait : il n'est pas de pouvoir capable de résister à l'opinion publique.

Si cette vérité a pu être ignorée jusqu'à ce jour, elle a dû cesser de l'être. Que les souverains, toujours jaloux de la liberté des citoyens, n'espèrent pas faire de vaines promesses qu'ils violeraient impunément ! Le règne des séductions et du despotisme est passé ; il n'est plus possible de fasciner les yeux par l'ombre de la liberté , et de pousser doucement dans les abîmes de la servitude.

Les principes demandés par la nation sont inébranlables; et vous les respecterez: SIRE, votre gloire, votre sûreté même est attachée à leur intégrité; et si cette même constitution déclare votre personne sacrée, n'oubliez jamais que l'inviolabilité est un asile pour l'exécuteur des lois, et non pour celui qui les outrage ; que, si un prince sort de la constitution pour attaquer le peuple , peut-être alors dans son désespoir , le peuple en sortirait-il à son tour et chercherait-il ailleurs des armes pour se défendre.

Lorsque vous aurez établi, sur des bases fermes et libérales , les relations des citoyens entr'eux, les relations des nations entr'elles deviendront aussi plus libérales et plus franches. Que ces fourbes honteuses de la diplomatie, que l'on a prises long-temps pour une science , soient proscrites du cabinet des rois. Dans les temps où les nations étaient faites pour les trônes, et non les trônes pour les nations, où l'ambition, le caprice et la·

force étaient les arbitres du monde ; on a pu prendre la fraude pour un art, la duplicité pour une vertu, la violence pour un droit, mais aujourd'hui, l'opinion publique proclame d'autres principes : les trônes sont élevés pour le peuple et par le peuple.

Le siècle où vous vivez ne ressemble en rien aux siècles qui l'ont précédé ; jamais la raison n'a remporté de plus beau triomphe sur les préjugés. Tous les genres de fanatisme sont dévoués à la haine des hommes. Il n'est aucun Français qui n'ait aujourd'hui le sentiment de ses droits, de sa dignité et des devoirs des rois.

Soyez l'homme de votre siècle et rappelez-vous souvent ces belles paroles d'Antigonus à son fils : « Que les rois se doivent au bonheur des peuples ; qu'ils sont institués pour gouverner et non pour dominer, et qu'enfin le pouvoir suprême n'est qu'une noble servitude. »

FIN.

---

De l'Imp. de CHARLES, rue Dauphine, n° 36.